民间故事里面有勇敢善良，

有神仙鬼怪，更有山山水水。

中国山水里面有绿树红花，

有狮子野兔，更有故事传说。

中国山水·故事
长白山

袁 博 编著

辽宁美术出版社

魅力无穷的民间故事

　　亲爱的小朋友们，民间故事你从小一定没少听，而且你自己也能讲上几个，没错吧？但你知道民间故事是谁创作的，又是怎么流传到今天，又有着什么样的特点吗？

　　别着急，答案马上揭晓——

　　民间故事就是从民间产生的故事。第一个民间故事到底是什么时候产生的，谁也说不清楚。因为它就是在人们平时吃饭、睡觉、干活的时候产生，靠口头传播并存留下来的。所以，民间故事应该是在远古时候就有了吧。

　　特别有才华的祖先们，既能从近在身边的事情和物品说起，又能从远在天边的梦想和理想说起，天马行空地构思，让故事里的所有一切都有了生命和个性。在民间故事里，把天上的神仙和地上的百姓都有自己的角色，每一方土地都有自己的传说。

民间故事的特点

◆它的年纪特别大，它的魅力特别强，过了上千年，依然受欢迎。

◆它能保留到今天，全靠一代一代人口口相传。

◆夸张、神奇、浓郁、精灵古怪，满足每一颗想听故事的心。

◆ 故事朗朗上口，特别有节奏感。

◆ 情节天马行空，充满想象力。

◆ 语言洗练又优美，孩子愿意反复阅读，自然吸收模仿。

◆ 民间故事的主题大多数是惩恶扬善，传递美好：正直、纯善、勇气、友爱、感恩、智慧……应有尽有。

目 录

憨小撒参籽

　　从前，有个小伙子名叫憨小。他翻过九十九座山，蹚过九十九道河，从山东来到长白山挖参。

　　可是，好多天过去了，他没有找到一棵参。他又累又饿，坐在一块石头上想心事。忽然，远处传来一阵"嘻嘻"的笑声。他抬头一看，一个身穿小红袄、绿裤子的大姑娘，正骑着一头小毛驴向他走来。这姑娘不知道碰上什么高兴的事，眼睛也不看路，只顾笑着往前走。一不小心，她连人带驴摔进沟里。

　　憨小立刻跑过去，飞身跳下沟救人。

姑娘昏倒在沟里，脑门儿上划了一个大口子，血正从那个大口子里流出来。憨小忙从衣服上撕下一条布，给她包好伤口，止住血。然后，憨小又在山上找了些止血草药，捣烂了，给她涂抹上。

一连几天，憨小没有去找参。他默默地守在姑娘身边，给姑娘换药、喂食、喂水。过了十多天，姑娘的伤好得差不多了，憨小整理东西要走。姑娘羞答答地拉住他的衣服说："憨小，你心地善良，留下来，咱们结成夫妻，一起过日子吧！"

憨小听了，求之不得。他们当即拜堂成了亲。

婚后小两口和和睦睦，日子过得很甜蜜。憨小每天快快乐乐上山打柴，妻子在家勤勤恳恳纺纱织布。就这样，他们平平稳稳地过了一年又一年。有一天，妻子有身孕了，憨小要当爸爸了。

谁知祸从天降！

一天，憨小家里来了个挖参的。憨小听他口音，知道是从他老家来的，对他格外好，让妻子准备了一桌丰盛的酒菜来款待他。可这个老乡的心思不在酒菜上，双眼瞪得老大，一眨不眨地盯着憨小的妻子。憨小妻子急忙低下头，转身走出院子。老乡连忙放下手中的筷子，跟了过去，一把拽住她，大喊一声："棒槌（棒槌：人参的小名，传说人参会跑，发现人参后喊"棒槌"，人参就不会跑掉了），

哪里跑！"

紧接着，他掏出一根红绳，把她全身上下绑得紧紧的，以防她跑了。

刹那间，憨小的妻子不见了，变成了一棵双胎老山参。老乡兴奋地对憨小说："这颗老山参几千年了，吃了它会长生不老。我俩把它卖给皇上，保准赚一大笔钱！"

憨小不要钱，只要妻子，可他又说服不了老乡，这可怎么办呢？他思来想去，没有别的办法，只好装出很爱钱的样子，感激地拉着老乡的手说："谢谢老哥，我和她在一起这么多年，真不知道她是一颗老山参。今天多亏老哥好眼力，我才能借你的光发大财，来，我敬大哥一杯！"

老乡得了宝十分高兴，也想多喝几盅。两个人你敬我，我敬你地喝了起来，直到太阳落山。老乡喝得烂醉，叫也叫不醒。

憨小看见他睡着了，轻手轻脚地把绑在老山参身上的红绳解开，小声地说："老婆，委屈你了，快回来吧！我们一起逃走，到另一个地方好好过日子。"

话音刚落，老山参又变成了憨小的妻子。她眼含泪水，恋恋不舍地看着憨小说："别为我费心了，我们的缘分尽了，记得八月十五月圆时，来弯弯沟抱我们的孩子。"

话音未落，她一闪身不见了。

憨小心如刀绞，趁着老乡还没醒，收拾一下东西，离开了家。

眨眼间八月十五到了，憨小早早来到弯弯沟等妻子。

天上的月亮慢慢圆了，一阵清风吹来，一团花草托着一个白白胖胖的男婴，飘飘摇摇地落在地上。憨小急忙跑过去，将婴孩抱在怀里。他向周围看看，发现妻子已脚踏彩云飞向了远方，一条黄绫子正从她手中飘向自己。憨小接过一看，上面写着："妻被封仙，今生不能再团圆。好好抚养我们的孩子，今后定有大出息。"

　　憨小知道自己留不住妻子，抱着儿子感激地向天上拜了三拜。然后，他既高兴又难过地抱着儿子回家了。

　　从此以后，憨小勤勤恳恳地耕作，又当爹来又当妈，辛辛苦苦地把孩子养大了。儿子从小懂事，勤奋刻苦，十二岁就中了状元。

　　儿子金榜题名后，憨小把儿子领到当年的地方，告诉了儿子他的身世。然后，他流着泪点上三炷香，

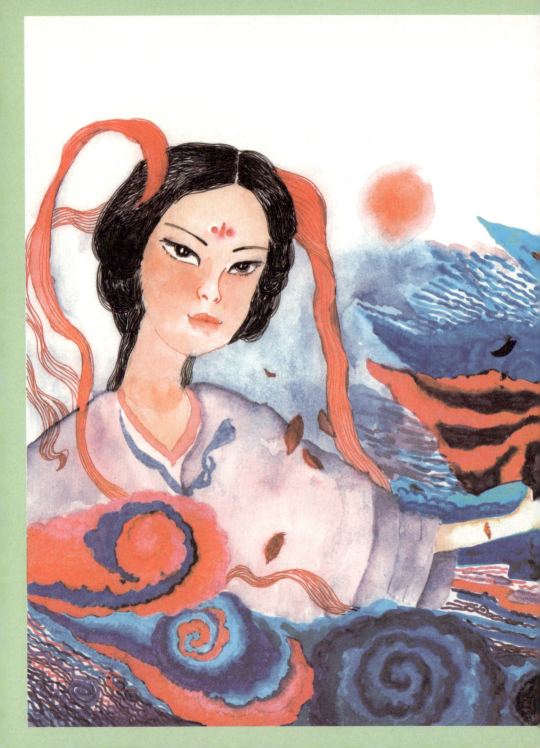

让儿子跪下磕三个头认娘亲。儿子刚磕完头，天上竟然真的飞来一朵云彩。憨小的妻子还像当年那样脚踏彩云，微笑着向憨小和儿子点点头，不讲一句话。片刻后，她飞走了，将一颗颗红艳艳的山参花籽，留给了憨小。

憨小回到家，把这些花籽全撒到了长白山上，让它们在长白山上一代又一代地繁殖生长。从此以后，长白山上的人参越来越多，居住在这里的人们都过上了好日子。

后来，人们为了感恩憨小的妻子，把憨小撒参籽的地方，叫作"棒槌园子沟"。

——汉族

河伯女儿产下王子

　　相传，一千七百多年以前，在长白山北边有一个夫余国，国王叫邹上王。

　　这一年的年三十晚上，邹上王刚上床入睡，觉得有人推了他一把。他迷迷糊糊地爬起来，稀里糊涂地跟着那人就走。那人把他领到一条清亮亮的大河边，一闪不见了。邹上王发现河中有一个大木盆，盆里坐着个又黑又胖的男孩子。男孩一边"哇哇"哭，一边摇晃着两只小胳膊，用力拍打盆沿儿。木盆在一个旋涡里快速旋转着，眼看要沉下去。邹上王紧

跑两步跳进水里，游到木盆旁。他一伸手，不小心
碰到了盆沿，盆子"哗啦"一下扣了过来。邹上王
大叫一声，从梦中惊醒。

邹上王坐在床上，再也无法入睡。他想：这是
不是有人托梦，要给我送王子。可天下河流千万条，
到哪里才能找到梦中的那条大河和木盆呢？听说长

白山下有条鸭绿江，江水又清又凉，会不会是梦里的那条江呢？

他当即决定去找鸭绿江。

第二天大年初一，一大早，邹上王只带了三个随从，骑上快马，挎上硬弓，朝正南方跑去。

他们吃住都在马上，跨过了一条又一条大河，越过了一道又一道大沟，翻过了一座又一座大山，终于在登上马鞍形的山背时，眼前出现了一条大河。邹上王心想：河水清清凉凉的，一定是鸭绿江。

他坐在马上仔仔细细查看这一带风景，觉得在哪儿见过。他闭目细细想来，这正是梦中到过的地方。东面有龙山，西面有七星山，北面有雨雾山，鸭绿江从南面流过。一阵狂喜涌上心头，他朝马屁股上狠抽一鞭。马一声嘶鸣，箭一般地奔向江边。

他在江边找啊找，哪里有木盆，哪里有孩子？

邹上王望着一江清水，心里很不是滋味，自言自语道："难道我邹上王注定命中无子？"

就在这时，不远处传来一个女人的哭声。荒山野岭，哪来的女人，他觉得奇怪，就去看个究竟。原来是一个长发姑娘正在江边抱着头哭泣。邹上王

跳下马来，小声问道："姑娘，你遇上什么难事了，为什么这样悲伤？"

姑娘说："我的头发被石头缠住了，恩公，求你救救我！"

说着，她跪在地上向邹上王磕起头来。邹上王看见姑娘满头乌发，每一根都发出亮光，全被河里一块石头缠住了。他抽出宝剑，要把姑娘的头发斩断。姑娘急忙抱住邹上王的手，说："恩公，我的头发足有千万根，每一根都和我的生命连接着，断一根，我就活不成了。"

邹上王点点头，命令三个随从下到水里搬石头。可无论三个随从怎样用力，那块石头就是不动。邹上王说："好重的石头，看来只有我亲自动手了。"

他脱掉王袍，下到没腰深的水里，双手抓住石头，用尽全力，一声大喊，终于把巨石搬起来了。等姑娘一根根抽出头发后，邹上王扔掉石头，爬上岸来，已经冻得浑身发青。姑娘燃起火堆，请他烤火。烤暖和了，邹上王上马要走。姑娘上前抱住马头，哀求着说："恩公还要救救我。"

邹上王说："你还有什么事要我办呢？"

姑娘说："恩公还不知道，我原来是河伯女儿，为了要到人间生活，才被惩治。如果恩公不把我带走，那石头还会像以前那样把我的头发缠住。"

邹上王说："那么，告诉我，你想到什么地方去，我派人送你。"

姑娘说："我哪里也不想去。我知道您是夫余国国王，只希望能在您身边，做个宫女，早晚服侍恩公。"

邹上王心想：我还要去找王子，我年近四十，还没有王子，王位无法接续下去。唉！遇着了就是

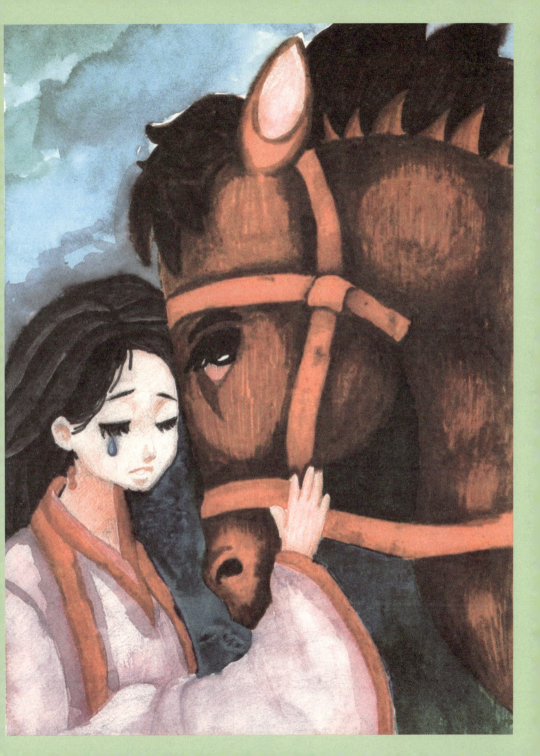

缘分。不管怎么说，救人要救到底，先带她离开这里吧，王子的事以后再说。邹上王帮姑娘绾起一头乌发，扶她上了马，顺原路返回宫中。

过了没几个月，皇宫里传开了一个消息：河伯女儿怀孕了。

好心没办好事，邹上王好不恼火！他把河伯的女儿叫到殿前拷问。河伯女儿一头磕在地上，泪水涟涟，满腹委屈地求饶道："恩公饶命，恩公饶命！"

邹上王火冒三丈，大声骂道："我不远千里，好心救你一命，你竟敢无视宫廷规矩，蔑视宫法！"

河伯女儿浑身颤抖，边抽泣边诉说："恩公啊！您待我恩重如山，我怎么敢……"

邹上王将拳头朝桌上一擂，吼道："你还敢嘴硬！还不快快从实招来！"

河伯女儿定定神，怯怯地说："小女子入宫后，

时时刻刻谨慎行事，只是每天中午总有一道阳光照在我身上。我藏在屋里，那光也会从房顶透进屋去。一连半个月，不知不觉就身怀有孕了。"

邹上王听了，半信半疑，命令宫女先把她软禁起来。

又过了八个月，河伯女儿生下一个洗脸盆大小的怪物。这个怪物一落地，河伯女儿就死了。宫女把怪物捧给邹上王和王后。王后一见怪物，吓得倒退几步，神色慌张地命令宫女："快，快把这个红肉蛋扔到野外喂狼。"

过了三天，有人进宫禀报，怪物一直被一群野兽包围着，野兽不但不伤害它，还保护它。邹上王又叫人把它扔进马槽里喂马。可马只吃草，不去碰怪物。邹上王又命令将它放在路上，让来往的大车轮子碾碎它。可大车轮子一蹦而过，碾不到它。邹上王很惊讶，冥冥之中，似乎得到了某种暗示。他亲手把怪物捧进后宫，抽出宝剑，小心翼翼地把红肉蛋表皮剥开。

啊！里面竟然蹦出一个又黑又胖又壮，像个铁蛋子似的男孩。

邹上王看看这孩子，还真像他梦里看见的黑男孩。他急忙扔掉宝剑，把黑男孩抱在怀里，仰面朝天大笑："老天赐给我儿子了，老天赐给我儿子了！"

直到这时，他才把如何梦到男孩，如何到鸭绿江边寻子的事一一告诉了王后。两个人欣喜极了，当即把这黑孩子立为王子，取名"邹年王"，并把他的生身母亲厚葬了。

邹年王生龙活虎，长得很快。他不仅五岁会骑马，十岁能上阵，还武艺高强，很有谋略。并且，他也像他父亲邹上王那样对百姓仁慈宽厚。邹上王死后，他继承了王位。为了实现先王的遗愿和寄托对自己亲生母亲的怀念，他将夫余国迁到了南有鸭绿江、东有龙山、西有七星山、北有雨雾山的地方，重新立了国号。

在邹年王死后的许多年后，好太王继位，这里进入极盛时期。好太王为了纪念邹年王，派很多人把鸭绿江中那块大

石头拖上了岸，立了"太王碑"。太王碑很大很大，上面刻着许多奇妙的传说。

——汉族

仙女送灵芝

　　长白山下住着个穷小子，姓王，长得憨憨厚厚，满身都是力气。大家都叫他王二憨。

　　王二憨还很小的时候，他的娘半身就不能动了。为了讨生活，他自小给财主家当长工。财主家心狠，除了让他干地里的活计，还要他上山挖参和打猎。最可气的是财主不给他饱饭吃，常常饿得他肚皮贴在脊梁上。王二憨是个孝子，听说长白山的"梳妆台"上长着灵芝草，不但能治百病，吃了还会长生不老。他决定在为财主家挖参的空当儿，偷偷上"梳妆台"

采几棵灵芝草，给娘吃。

"梳妆台"在长白山梯云峰顶上，据说是王母娘娘梳妆的地方。

传说有一年的三月三，王母娘娘开蟠桃盛会，接连热闹了三十三天后，她又开始带着仙女四处游走。七月七这天，她们来到长白山梯云峰顶。王母娘娘看到这儿山头高，彩云缠在半山腰，天池像个八宝翡翠镜，绿莹莹、亮晶晶的，高兴极了！她坐在石台上，对着天池，一面梳头，一面对仙女们说："你们把这座石台装扮装扮，种上琼花，栽上灵芝草，我要年年七月七到这儿来梳洗打扮。"

仙女们立刻行动起来，有的种花，有的栽草，不一会儿就种出一大片花草。王母娘娘游览后，驾着彩云走了。后来，大伙儿把这座石台叫"梳妆台"。

一天，二憨照顾好娘后，进了山。他走了十多天，来到梯云峰。他忍着饿，急急忙忙边往"梳妆台"上爬，边自言自语："求神仙保佑，让我采几棵灵芝草，给娘治病！"

他正说着，就看见从"梳妆台"上走来一个姑娘。姑娘长得眉清目秀，像花一样。她放下长袖说："你拽住我的袖子，我把你拉上来。"

二憨有气无力地拽住姑娘的袖子，忽忽悠悠地飘到"梳妆台"上，一大片血红的灵芝草出现在他面前。他兴奋极了，却不敢去采。姑娘说："饿了吧？"

二憨傻傻地点点头，

姑娘采了几棵灵芝草递给二憨，说："吃吧！"

二憨接过灵芝草，没舍得吃，说："我娘等着这灵芝草治病呢。"

姑娘一听，又弯下腰采了一把灵芝草递给二憨，说："你吃吧！这些给你娘治病，你娘吃了，病能去根儿。"

二憨感激地看着姑娘，吃了几棵灵芝草。立时，他觉得神清气爽，心明眼亮，浑身是劲。姑娘又用长袖把二憨送下"梳妆台"。二憨把灵芝草拿回来给娘吃了，娘的病果真好了，满面红光。

再说财主，有钱有势，不如意的是老婆常年病病歪歪，弱不禁风，总是躺在炕上。他听说王二憨治好了他老娘的病，急忙跑去求王二憨。王二憨不会撒谎，就把怎样到"梳妆台"采灵芝草，怎样给他老娘治病的事一五一十地对他说了。财主将信将疑，边走边想：世上真有这么好的仙草，我得想办法赶紧多采些回来。

第二天天不亮，财主带上两个伙计，按王二憨给他指的路进山了。他们走了好多天，终于来到梯云峰。财主采灵芝草心切，没顾上喘口气，就直接往"梳妆台"上爬。他手脚并用，爬呀爬，爬到探头岩石后，再也爬不动了。他只好停下来，让两个伙计砍树做梯子。梯子做好后，搭在石台顶上。他开始沿着梯子颤颤巍巍地往上爬。快爬到顶的时候，他看见"梳妆台"上有一大片鲜红的灵芝草。等不及到达"梳妆台"，他伸手就采。

就在这时，从"梳妆台"上走下一个漂亮姑娘。姑娘长得像朵牡丹花儿一样好看，财主心里有了坏心眼儿：如果把这片灵芝草全采回去，还能娶她做二房……姑娘一甩袖子，一阵狂风过后，财主不见了。

——汉族

天池锁孽龙

东海龙王三太子——独角龙，从小不听大人话，不干正事，长大了还整天游手好闲，惹是生非。

一天，玉皇大帝下御旨，命令独角龙慢慢给老百姓下一场透雨。独角龙心想：你叫我下透雨我就得下透雨啊？哼！我给你下一场暴雨，争取一个小时下完，省下时间好出去玩玩。

这场暴雨，可把老百姓坑苦了。沟满壕平，房倒屋塌，庄稼全毁，人也死了不少。这事被巡视的天神看到，禀报给玉皇大帝。

玉皇大帝听了，非常生气，立刻降下旨意，把独角龙关在长白山天池里。

　　独角龙来到天池，看见绿的树，红的花，黄的果，白的雾，比王母娘娘的瑶池还漂亮。他在这里天天无所事事，想尽一切办法闹腾着玩。

　　它这一闹腾不要紧，可苦了山下的老百姓。它一翻滚，天池的水就往下溅，松花江、鸭绿江、图们江就发大水。

　　长白山下、松花江边有个小屯子。小屯子里有个能干的小伙子叫秀柱。秀柱想不明白：天上没下雨，江里怎么能发大水呢？乡亲们的房屋被大水冲塌了，乡亲们的庄稼被大水冲走了，秀柱的心里很难过。一天，他对爹妈说："等死不如找活路，我顺着江边往上找找，看看是什么原因，为什么不下雨还会发大水。要是什么东西兴妖作怪，我豁上命也要制服它，搭救乡亲！"

　　爹妈虽然心疼儿子，但见秀柱决心很大，只好答应。

　　沟沟岔岔被水灌满了，平川大路找不到了，秀柱只好沿着江边爬山赶路。不知走了多少天，爬过了多少座山，在一天太阳快要落山的时候，他爬到

一个石洞口，连累带饿，实在爬不动了。他倚在石洞口，想稍稍歇一歇，不知不觉睡着了。

就在这时，不知从哪里来了一个白胡子老头儿。老头儿手里拄着一根拐杖，摸摸秀柱的头，疼爱地对他说："孩子呀，你要找的罪魁祸首，是住在天池里的独角龙。它自小娇生惯养，性情顽劣，长大了又刁滑又凶狠，不好对付。你要是真心想救乡亲，必须除掉这条孽龙。可除掉这条孽龙，真不容易办到！你还是早点儿回家吧！"

秀柱急了，忙拉住老头儿的拐杖说："好心的老爷爷，只要能除掉孽龙，救乡亲，我舍得性命，什么都不怕，请您老人家给我指点指点！"

秀柱边说边给老头儿跪下了。老头儿急忙扶起秀柱，鼓励他说："只要心诚，世上没有办不到的事。为了除掉孽龙，搭救乡亲，我愿助你一臂之力。"

老人边说，边拿出三件东西，交给秀柱："天池的水又深又凉，你将这个兜肚戴上，就不怕冷了；我这根拐杖，你也带上，它能帮你擒住孽龙；我这里还有棵人参，你把它吃下去，浑身有了力气，好战胜孽龙。"

秀柱感激地接过三件宝，毕恭毕敬地问道："老

爷爷，您贵姓，住在哪里？我日后好将东西还给您。"

老头儿说："我姓孙，其他的你不用知道。等你降伏了孽龙，把拐杖放在这里就行了，我自己会来取。"

秀柱点点头，刚想和老头儿再说几句感激的话，一抬头，老头儿不见了。

秀柱醒了，原来是一场梦。他失望地摇摇头，刚想起身继续赶路，却发现身边真有三件宝。他仔仔细细想了想梦中老人家的话，顺从地将人参放在嘴里嚼嚼吃了，立刻觉得浑身骨节在响，个儿在猛长。瞬间，他的腰也粗了，手也大了，眼也亮了。他感觉浑身有的是力气，却无处用，便将双脚往石头上一踩，啊，竟然出现了两个坑。

于是，他戴上兜肚，拿起拐杖，信心满满地向天池走去。他要去降伏孽龙——独角龙。

天池的水是黑的，谁也不知有多深，因为没有人进去过。秀柱除孽龙心切，不管三七二十一，一头扎进天池里。好奇怪，秀柱怎么觉得好像在平地上走，没觉着有水，也不觉着冷。听老人们说天池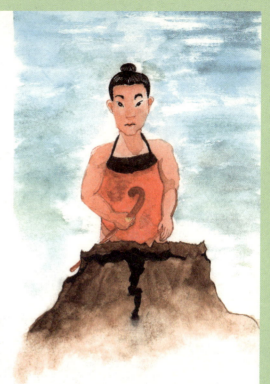是海眼，能通到东海。秀柱走啊，走啊，终于来到一片玉树银花的地方。这地方的中间有条平坦大道。秀柱觉得沿着大道继续向前走，一定会找到孽龙。

果然，秀柱没走多远，就看见了水晶宫。水晶宫是孽龙平时居住的地方。孽龙一见秀柱，立刻蹿过来，一爪子抓向秀柱。秀柱没提防孽龙这一手，后退了几步。孽龙得意极了！它边用嘴一个劲儿地往外喷水，边用角去顶秀柱，用爪子去抓秀柱，用尾巴去扫秀柱。秀柱虽然戴着红兜肚，不怕冷，可他被孽龙喷得睁不开眼睛，喘不动气。他心想：只记得梦中老人家说这拐杖能降伏孽龙，可没告诉我怎么用啊！

怎么用呢？秀柱正想着，那拐杖已从秀柱手里飞出去，变成一条金龙，扑向了孽龙。

这金龙可真有本事，一上一下，一翻一滚，左攻右击，没几个回合，就把孽龙降伏了。金龙把孽龙带到秀柱脚下，任由秀柱处罚。秀柱看看泄了气的孽龙，不知怎么办好，急得抓耳挠腮。他摸到兜肚链，心想：如果这是一条大铁链子该多好，用它就能锁住孽龙了。

就在这时，突然有一道白光从秀柱手里飞出去，变成铁链，锁住了孽龙。金龙立刻变成拐杖回到秀柱身边。秀柱一手抓牢铁链，一手拄着拐杖，走出了天池。

秀柱浑身疲乏，坐在一块大石头上歇脚。他看看孽龙，心想，我不能老握着大铁链子啊！啊，有了，他起身用拐杖撬起这块大石头，压在铁链子上。

好奇怪，这块大石头越长越大，转瞬间长成了一块巨大的岩石，死死地将铁链压住了。

孽龙被降伏了，秀柱回到梦见老头儿的那个石洞前。老头儿不在，他恭恭敬敬地把拐杖、兜肚放在大石板上，磕了三个头，心里不停地祷告：您老人家帮我擒住孽龙，救了乡亲，我不会忘记您，乡亲们也不会忘记您。

从此以后，松花江、图们江和鸭绿江再也没发过大水。乡亲们又过上了安稳的日子。独角龙因为曾祸害百姓，一直被锁在天池里。

——汉族

洗儿石

长白山天池旁，石虎滩下，有一眼温泉。泉边有一块很大很大的磨盘石，平平展展，溜光水滑，经过这里的人们都愿意坐在上面休息休息。

这就是那块有名的"洗儿石"。

相传，从前，在石虎滩附近有个村子。村子里住着一个以采药为生的老朱头。有一年的七月初六，他领着刚满十六岁的儿子上山采药。太阳快落山了，爷俩正好走到磨盘石跟前，想坐下来吃点干粮，喝点泉水，过一夜，就近支了个小窝棚。

　　睡到半夜，老朱头醒了，听见"哗啦，哗啦"
拨弄水的声音。他悄悄爬起来，伸头往外看，磨盘
石那儿通亮一片，什么东西都看得真真切切，像白
天一样。一个穿布衣布裙的小媳妇，正坐在磨盘石
上给孩子洗澡。

两个孩子一大一小，大的不过两岁，长得白白胖胖的，站在泉水里扑腾水；小的在小媳妇手上手脚乱蹬。

　　老朱头心想，莫非遇上天仙了？他怕自己眼神不好，看得不准，忙叫醒儿子："快起来，看天仙！"

　　这一叫不要紧，等他转过脸看时，亮光、仙女、

两个胖娃娃全不见了，眼前又是漆黑一片。

爷俩壮壮胆，悄悄来到磨盘石前细看，什么也没有，却有一股好闻的香味。这香味，像花香，又像药香。爷俩仔仔细细四处寻找，直到天亮，才在磨盘石底下靠近泉眼的地方，找到一件小孩儿穿的小衣裳。那香味是从小衣裳上散发出来的。

老朱头拎起小衣裳细看，跟山下人家小孩儿穿的小衣裳差不多，圆领儿肥袖儿，钉着两条带子。摸摸软软的，拿起来轻飘飘的，薄薄的透亮儿，亮晶晶的。奇怪的是，整件小衣裳，没有一条接缝儿，是囫囵个儿织成的。

爷俩决定住下来，再等两个晚上，看个究竟。可惜的是两个晚上都一点儿动静也没有，白等了。

回村子以后，老朱头拿小衣裳给乡亲们看，把他看到的讲给大伙儿听。人们半信半疑，信吧，这事没边没影的，不信吧，又有那件没缝儿的小衣裳。村里的姑娘媳妇们都说，人间多巧的手也做不出这无缝的衣裳来。

　　村子里有一位七十多岁的私塾老先生，见多识广。他把小衣裳翻过来掉过去地细看半天，说："这

是扯着云彩纺的线，用手织成的无缝天衣呀，不是凡间之物。不信可以用火、用水试试。如果是天衣就见火不燃，见水不湿。"

老朱头忙用火烧，小衣裳果然烧不着；又用水泡，小衣裳也泡不湿。真和老先生说的一样。大伙儿说："这真是天衣呀。"

老先生又说："大兄弟，你真的遇见仙女了。那仙女不是别人，正是织女，七月初六晚上，她到天池温泉给孩子洗澡，七月初七好带孩子干干净净去会牛郎。"

老先生还逗乐儿说："前天晚上，牛郎织女相会的时候，我看见织女怀里抱着个光腚娃娃，原来娃娃的衣衫在这里呢。"

经老先生这么有根有据地一说，大伙儿都信了。

老朱头把小衣裳锁在木箱子里，心想，这可是件宝贝，等有了孙子，好给孙子穿。可没过几天，他打开箱子一看，那件小衣裳不见了。箱子里的气味儿却还是那么香，那么好闻。

从那以后，织女在磨盘石上洗儿的故事慢慢传开了，那块大磨盘石也就被人叫作"洗儿石"了。

——汉族

汉族民间故事

汉族民间故事的神采与精髓

马 力

汉族民间故事是中国民间故事百花园中的一朵奇葩，它孕育了中国古代灿烂辉煌的文化。比如《盘古开天地》表现了古人对天地形成的追问；《大禹治水》表现了人们对救苦救难的英雄的崇拜；《愚公移山》表现了人们开创美好生活的不懈奋斗精神；《司马光砸缸》表现了古代儿童的智慧；《田螺姑娘》表现了劳动人民对美好生活的向往……这些民间故事就是中华民族从衰到兴、从弱到强的精神支柱。

本书所辑的汉族民间故事，是整个汉族故事长河中的一朵浪花。其中除《牛郎织女相会》是老故事的新版本外，绝大部分是鲜为人知的新故事。虽然它们都有长白山和天池等鲜明东北地域标志，但故事中玉皇大帝、二郎神、东海龙王等文化元素的出现，使我们立刻辨识出它们绝不仅仅属于东北，而是属于整个汉民族。这些故事中的人物，无论是降伏孽龙的秀柱（《天池锁孽龙》），还是善良救人的王二憨（《仙女送灵芝》）；无论是一心为解除王家屯瘟疫寻找灵芝草的王成（《玉皇撤天梯》），还是挖出自己的双眼，把它们变成太阳和月亮的小仙女（《小仙女带来太阳和月亮》），血管里流淌的都是汉民族的血液，骨子里都有盘古的执着、愚公的倔强、大禹的无畏以及司马光的聪明、田螺姑娘的善良。读这些故事，向他们学习，你在灵魂上会更像中华民族的子孙。

人参娃娃太贪玩

从前，人参娃娃都长在长白山里，不管是男娃还是女娃，一个个小脸儿红扑扑的，胖乎乎的，可讨人喜欢了！这些人参娃娃长年累月睡在长白山里，吃在长白山里，玩在长白山里。长白山里除了石头就是大树，连阳光都见不着。时间一长，人参娃娃们玩腻了，想到外面去看看，游玩游玩。

一天，两个小参娃商量好，要一起出去玩玩。女娃骑着一只黄龟，男娃骑着一只白龟。它们从二道白河顺流而下，一路上东瞅瞅，西看看，青山绿

水，阳光明媚，乐得他俩合不拢嘴。两只大龟驮着
他俩漂着漂着，漂到了桦甸。这里更是山清水秀，
花红树绿，令他们陶醉。他俩从龟背上下来，说："这
里真好玩，你们留在这儿，千万别走开，我们到岸
上玩一会儿。"

两只大龟乖乖地点点头，温顺地趴在沙滩上，一动也不动。于是，两个小参娃放心地手拉着手，有说有笑地蹦跳着向岸上跑去。

　　两只大龟等呀等呀，等了一天，参娃没回来。等啊等，又等了一个月，参娃还是没回来。两只大龟还是一动不动地趴着，翘首望着参娃跑去的方向，等了一年又一年。风吹日晒，浪打雨淋，天长日久，两只大龟变成了两块大石头。从此以后，这河滩的沙里开始出金子和银子。每到夏秋季节，人们成群

结队地下
河淘金。
人们非常
感激地说：
"两只大
龟给我们带来了金子和银子，让我们过上了好生活。"

　　两个人参娃娃到哪里去了呢？唉！他们太贪玩，早把两只大龟的事忘了。桦甸山清水秀，人心好，土地肥，俩人一合计，就在这儿住下，再也不回长白山了。

　　从此，桦甸山里也有了人参。

　　那两块石头，活像趴在地上的两只大龟，人们就叫它们为"金银鳖"，叫来叫去叫成了"金银壁"。

——汉族

七仙女洗澡

相传，女娲补天用的五色神石，不小心落在地上，变成一座石峰。石峰长啊长，成了远近闻名的长白山。

一天，王母娘娘的七个女儿闲来无事，脚踩祥云落在长白山上，发现了长白山的美景。七姐妹一回天宫，便向王母禀报了这一人间美景。

第二天一大早，王母急急忙忙来到南天门，低头往下一看，果然美景如画。她笑着对女儿们说："你们看，那群峰环抱，形状像银盆的地方，是个洗澡的好去处。"

大女儿抢着说："洗澡没有水啊，可惜，可惜！"

王母笑笑说："这山谷是个宝地，如果能引来天上的水，这池水能与天同寿，与地同存。"

说完，她拔下金簪，只轻轻地一拨，天河的水

便滚滚流向长白山。不一会儿，河水灌满深谷，天池出现了。

从此，天池成了仙女们净身戏耍的好地方。

一天，七位仙女又来到天池洗澡。行云布雨的黑龙和白龙路过这里，看见仙女们在天池里洗澡，被吸引住，竟忘了按时返回天宫交旨。

玉皇大帝大怒，派降龙大将，来抓黑龙和白龙问罪。他们只好如实招认迟到原因。玉帝一听，非常生气。他命王母娘娘唤回女儿，从此不准女儿们去天池洗澡。并且把黑白二龙贬到人间，锁在天池里，让他们反思。

日月如梭，不知过了多少年，一天，人参仙子手捧金钵，钵里装着人参籽，来到长白山播籽种参。她把参籽撒在长白山上，一群人参鸟含着参籽争先恐后地飞向四面八方。

从此，长白山上有了人参鸟，人参在山上扎了根。人参仙子撒完参籽路过天池，听见黑白二龙在唉声叹气。她急忙落下彩云，问二龙为何长叹。二龙哀求人参仙子，说："我们因在天池偷看七仙女洗澡，违犯天条被贬下凡。这么多年过去了，我们早已知道自己错了。好心的仙子，求你替我们在玉帝面前求个情，让我们回天宫吧！"

　　人参仙子觉得二龙可怜，回到天宫，立即奏请玉帝。玉帝算算，仅仅有八千年，离一万年还差两千年呢。人参仙子不死心，说："长白山上我已撒下参籽，您为什么不命令黑白二龙去侍弄呢？"

　　玉帝想想，觉得人参仙子说得有道理。他当即下旨，命黑白二龙尽快在长白山下各豁出一条大江，用来滋养山上的人参。

　　黑白二龙接旨，高兴得手舞足蹈，马上开始在长白山下开山挖土。他们没日没夜地干了三年，黑龙挖出两条江，一条叫作图们江，一条叫作鸭绿江；白龙开出一条江，又弯又长，叫作松花江。

——满族

红松带着人参跑

听老人们讲，人参原先不在长白山，是后来跑来的。

从前，山东云梦山上有座云梦寺。寺里住着两个和尚，一师一徒。老师父不好好在山上烧香念经，整天下山会狐朋狗友。他每逢下山，总是给小徒弟留一大堆活儿。平常他也看小徒弟不顺眼，稍有不如意就打。

一天，师父又去找朋友玩。小徒弟一个人在树林里砍柴，一个戴红兜肚的小孩儿不知从哪里跑出

来。红兜肚小孩儿和小徒弟差不多大，胖乎乎的，非常可爱。小徒弟看见红兜肚小孩儿，高兴极了。一个人做的活儿，两个人很快就做完了。在寺院里，他们一直玩啊乐啊。小徒弟这么大了，还是第一次这么高兴。

从此以后，老师父一下山，前脚刚走，红兜肚小孩儿就出现，老师父一回来，红兜肚小孩儿就不知跑哪儿去了。

日子一久，老师父看小徒弟小脸儿红扑扑的，留多少难干的活儿，都干得利利索索，心想这里一定有事情。

一天晚上，他把小徒弟叫到跟前盘问。小徒弟从头到尾实话实说。老师父心里嘀咕开了：哪里来的红兜肚小孩儿？这深山老林里，人影不见，一定是个人参娃娃。想到这里，他急忙找来一个红线团。

　　他将红线穿在针上，对小徒弟说："等红兜肚小孩儿再来时，把针别在小孩儿的红兜肚上。"

　　第二天，老师父又下山找朋友了，红兜肚小孩儿又按时出现了。天快黑了，红兜肚小孩儿对小徒弟说："老师父要回来，我该走了。"

　　小徒弟本想把老师父吩咐他的事告诉红兜肚小孩儿，可又怕师父知道打他。他考虑来考虑去，几次欲言又止。红兜肚小孩儿急着要回家，他趁机偷偷把针别在小孩儿的红兜肚上。

　　第三天一大早，老师父拿着镐头，悄悄出了门，并把寺门锁上了。他沿着红线一直往山上走，来到一棵老红松旁边，果然看见一根针插在一棵人

参苗上。

　　老师父高兴坏了，举起镐就挖，一个参孩子被挖了出来。他将参孩子拿回寺里，把他放进锅里，盖上锅盖，锅盖上面还压了一块大石头。然后，他进屋一拳打醒小徒弟，吩咐他去厨房烧火。

　　小徒弟睡眼蒙眬地来到厨房，也没看看锅里装着什么东西，怕行动慢了挨师父打，急忙点火烧火。煮得差不多的时候，老师父的朋友来了。朋友找师父下山，师父没法推辞，临走的时候吓唬小徒弟，说："我不回来，你不要揭开锅盖。如果不听话，擅自揭开锅盖，小心我打断你的腿。"

　　师父走后，小徒弟不停地烧火。锅里"咕嘟咕嘟"一直响，热气"呼呼"往外冒，满屋子好香好香。小徒弟不知锅里煮的什么东西，好奇心驱使他搬开大石头，他揭开锅盖一看，喜欢得直笑，锅里煮着一棵大人参，香气直冲鼻子。

　　小徒弟掐下一块，放到嘴里一尝，想要什么味道就是什么味道。他再掐下一块放到嘴里，比头一块还香，就这样，他接二连三地吃光了整棵参。这时候，小徒弟才想起师父的话，吓得浑身颤抖，不知如何是好。后来，他壮了壮胆，干脆一不做，二不休，舀了一瓢汤尝尝。然后，他又把狗唤进来，舀汤给狗喝。狗喝饱了，还剩点儿，他往寺院周围一泼。

　　小徒弟正要刷锅，听到老师父回来了。他心里害怕，在寺院里跑来跑去，东躲西藏。忽然，他觉得自己忽忽悠悠地离开了地面，向天空飘去。紧跟着，狗和寺院也都飘起来了。老师父一看，知道参孩子被小徒弟偷吃了。他急得直跺脚，仰脸哄骗小徒弟下来，小徒弟不理睬他；他唤狗，狗冲他吠叫。

老师父气得一口气上不来，死了。小徒弟、狗和寺院渐渐升高，最后升到云彩里去了。

老红松树下长着一对人参，红兜肚小孩儿变的那棵人参被老和尚挖走了，剩下一棵人参又害怕又

孤单，成天对着老红松哭哭啼啼。老红松心善，说："好孩子，不要哭了，我带你逃走吧。"

人参可怜巴巴地说："到哪里都一样，总会被人挖去，我活不长了。"

老红松说："长白山上老林子多，人迹罕至，在那里，万一有人要抓你，我能保护你。"

人参不哭了，顺从地跟着老红松从山东逃到了长白山，在长白山的老林子里住了下来。从此，长白山上的人参和红松越来越多。后来，挖参的人一挖到人参，怕碰坏了参须，总是剥块红松树皮将人参包起来。

——汉族

冰片飞走了

长白山的第一高峰，原来不叫白云峰，而叫西山。

相传，很久很久以前，长白山下有一个小村子，叫王家屯。有一年村子里发瘟病。得病的人满身长疮，舌干嘴苦，没有一个能活下来。

村里有一个人叫王福，他的妈妈也得了这种病。王福看在眼里，急在心里，天天上长白山采药，给妈妈治病。他采来人参治不好，采来灵芝治不好，采来不老草还是治不好。他不知该用什么药，急得天天团团转，茶饭不思，睡不着觉，心想：老人们都说长白山里有百宝，我一定要找到治妈妈病的药。

王福求邻居照顾妈妈，自己进长白山找新药材。

他找啊找，走啊走，一无所获。有一天，他来到天池边，因为担心家里病重的妈妈，不知不觉坐在天池边哭出声来。他又累又饿，哭着哭着，睡着了。

梦中，一个白须白发的老头儿向他走来。老头儿用拐杖指着最高的一座山峰，对王福说："要想治母病，西山顶上行。"王福一头雾水，没听明白，刚想请老头儿解释解释，老头儿一闪不见了。王福抬脚去追老头儿，却怎么也迈不动腿。他拼命地喊，拼命地挣扎，急醒了。

原来只是一个梦。王福细细想了想梦境，似乎听懂了老头儿的话。他不顾疲劳，信心满满地向最高的山峰走去。来到山底下，他一步一步向山顶爬。他手脚并用，爬了两天，浑身伤痕累累，

终于到达山顶。

　　他四处看看，光秃秃的，到处都是白石头片儿，一棵绿草红花都没有，药材在哪儿？王福愣在那儿，大脑一片空白。希望破灭了，他立时觉得口干舌燥，浑身无力，一头栽倒在地。突然，他觉得白石头片儿冰凉彻骨，贴在身上非常舒服。他急忙爬起来，拿起一块小石头片儿含在嘴里，有一股凉风直透心窝。这难道就是救母治病的药材？他兴奋极了，顿时有了力气。他脱下衣服，包了一堆白石头片儿，背着下山了。

王福回到家里，妈妈已昏迷不醒。他急忙取出一小片儿白石，放在妈妈的嘴里。不一会儿，妈妈睁开了眼睛。王福看见这东西能治病，又用小石片儿熬水给妈妈喝，还把小石片儿研成粉末儿，涂在妈妈化脓的伤口上。几天后，妈妈的病竟然奇迹般好了。

王福想：这白石片儿冰冰凉凉，就叫冰片吧。他把冰片拿给乡亲看，熬水给他们喝，村里的病人也都一天

天好起来。一传十，十传百，方圆几百里的人都来找王福求药。

王福觉得这是个赚钱的好机会。他只想着赚钱，不管病人病得多重，谁来求药，都要先交钱再给药，少一个子儿都不给。最可气的是，有一个小孩儿病倒在王福家门口，因为没钱，王福居然眼睁睁地看着小孩儿在他家门口咽了气。

没几年，王福赚了个盆满钵满，成了一个黑心的财主。一天，梦中指点王福采冰片的白发老头儿来了。他

病得很重，求王福施舍些药。王福假装不认识，让小徒弟把他推出去，说："我又不是活菩萨，没钱治什么病。"

老头儿没想到王福真的没救了。他气愤地说："王福啊王福，没想到你是一个这么黑心的人。别忘了，你的药是我施舍给你的。"

老头儿揭了王福的老底。王福不但不反省，还怒火冲天，赌咒发誓地说："冰片是我的，与你有什么关系，我把它喂狗，喂鸡，你也只能看着。"

说完，他抓起一包冰片，吩咐小徒弟扔到狗食盆里。老头儿气炸了。他一跺脚，一瞪眼睛，冲着王福说："你真是个黑心肝，让这些药回长白山吧！"

说完，他用拐杖一指，王福家里的药材和房屋立刻化作一团团白色的雾气，升到半空。老头儿飞身跳进白雾里，白雾越升越高，最后变成朵朵白云飞上了山峰。

从那以后，这座山峰顶上终年云遮雾罩，即使晴天也雾气弥漫，别说去采药，就连上山的道路都看不清。天长日久，人们把这座山峰叫成了"白云峰"。

——汉族

玉皇撤天梯

　　古时候，梯云峰是座孤峰，立陡笔直，直达天宫，是人们上天的梯子。

　　有个叫王成的小伙子，以种地打猎为生，和老婆一起勤勤恳恳做事，日子过得还是非常清苦。

　　有一年夏天闹瘟疫，村子里不少人都染了病。王成老婆也病了。她全身软弱无力，什么事都做不了，却整天饿得不行。王成放下家里的活计，四处寻医求药，给老婆和乡亲们治病。乡亲们吃了不少药，家徒四壁，病还是不见好转。过了没多久，王成的

老婆死了。

　　王成很痛苦，可他没有停止寻找能治这种病的
药方。

　　一天，他在荒郊野外碰到一位白发老人。老人
告诉他，王母娘娘蟠桃园里的灵芝仙草，能治这种病。

　　王成告别老人，去天宫求药。他走了九九八十一
天，来到一座大山前。一位白发苍苍的老头儿，正

费力地往山上爬。王成快走几步，追上老头儿。原来这老头儿他认识，是那位告诉他王母娘娘蟠桃园里有灵芝仙草的老头儿。

王成二话没说，背起老头儿，将老头儿送回了家。回到家后，老头儿亲热地拉着王成说："出门在外，总想找个勤劳厚道的后生！这回算是找到了。"看着王成疑惑的样子，又说，"等你去天宫取药回来，我就把老姑娘许配给你，你们一起回家好好过日子。"

说完，老人又不见了。

王成吃尽苦头，终于找到了梯云峰。他顺着梯云峰爬上天宫，找到王母娘娘的蟠桃园。一不小心，他被看守蟠桃园的仙女抓住了。仙女问王成为什么冒死上天。王成把人间闹瘟疫的事一一地讲了。仙女看王成瘦得可怜，随手挖了一棵灵芝草，递给王成，让他快吃，滋补滋补身体。王成感激地接过灵芝草，没有吃，而是小心翼翼地揣进怀里。乡亲们在眼巴巴地盼着他带回灵芝仙草，一棵怎么能够。他又跪下乞求好心的仙女多送他几棵。好心的仙女又挖了几棵送给王成，叮嘱他藏好了，赶快离开蟠桃园，回去给乡亲们治病。

就在这时，玉皇来了。他路过蟠桃园，无意中看见王成手里拿着灵芝仙草。光天化日之下，竟敢私闯天宫，盗取灵芝仙草，他不问青红皂白，气冲冲地走过来，一把夺过灵芝仙草，飞起一脚，将王成踢下天宫。

不知过了多长时间，王成苏醒过来。他睁眼一看，白发老头儿站在身边。老头儿说："你把怀里的灵芝仙草吃了吧。"

王成说："不行，我吃了，回去拿啥给乡亲们治病啊！"

老头儿说："实心的小伙子，到我家去，我姑娘还等你哪。今晚你俩成亲，明天我送你俩回家。"

过了一夜，王成的伤好了。老头儿领来老姑娘，让俩人磕头成亲。王成记挂着病中的乡亲，着急回家。老头儿让王成夫妻俩闭上眼睛，趴在他身上。王成乖乖地闭上眼睛，听见耳边"呜呜"直响，像是风声。

不一会儿，老头儿让他们睁开眼睛。王成睁开眼睛一看，竟然到家了。

　　送走白发老头儿，王成和妻子四处奔走，治好了乡亲们的病，并将灵芝仙草籽儿，撒在向阳坡地上，人间从此有了灵芝仙草。

　　这事让玉皇知道后非常恼怒，命令二郎神把天梯撤了。

二郎神领旨以后，扬起赶山鞭一抽，把梯云峰削去半截。他用力太大，削掉的那半截山顶被砸得七零八碎，散落在梯云峰的四周，变成了一座座山峰。

——汉族

牛郎织女相会

　　长白山里有一座很高很高的山峰，像一把织布梭子，人们叫它"梭子峰"。梭子峰的山根下，有个洞。洞口圆圆的，像十五的月亮。不知什么时候，什么人，在洞口的上边，凿出四个斗大的字：满月仙洞。顺着满月仙洞往上看，在梭子峰的半腰，长着一棵根须盘结的桃树。这桃树枝叶茂盛，十分好看。

　　据说，织女当年偷偷下凡和牛郎结了婚。王母娘娘一生气，命令天兵天将把织女拖回了天宫。王

母娘娘不放心，怕他们私下再相会，便用金簪在他们中间划出一条天河，隔断了他们来往的路。王母娘娘想想，还是不放心，命令织女无论白天黑夜，一刻不停地纺青纱织云锦。王母娘娘自以为手段高明，织女一忙，就没时间想丈夫想孩子了。

织女手拿金梭，不分黑夜白昼，织啊织，想忘掉丈夫和孩子。可她无论怎么忙，丈夫和孩子的影子始终在她的眼前，挥之不去。她想看看丈夫和孩子，却被自己织出的云锦遮住了目光。她伤心不已，越来越消瘦。

　　姐妹们既疼她，又可怜她，一起去恳求王母娘娘，让她回人间看看丈夫和孩子。王母娘娘细细想想，织云锦的活儿全靠织女。如果织女伤心过度，哭瞎眼睛，谁来织云锦？

　　她眉头一皱，想出一个两全其美的办法，便给了众仙女一个面子。王母娘娘答应每年农历七月初七，让喜鹊们搭个桥，让牛郎带着一双儿女上天，和织女相会。

　　一年一年过去了，织女想牛郎想孩子，盼七月七；孩子想母亲，牛郎想织女，

也盼七月七。一年一次七月七，过完七月七又得等来年。织女还是常常落泪，一滴滴泪水透过云层落到人间。天长日久，织女的泪水滴成一个湖。

织女的痴心感动了手中的金梭。金梭看织女成天用眼泪洗脸，很揪心，很心疼。它打定主意，找个机会，帮帮织女。

一天，织女实在太劳累了，就闭眼打了个盹儿。金梭趁机挣脱开她的手，朝人间落下去，把满天云锦刺穿

087

个窟窿，插立在织女泪湖边，变成一座细溜溜的山峰。

织女醒来，一看金梭落到人间变成一座山峰，当即明白了金梭的用意。织女心怀感激，可又怕王母娘娘知道这件事，降罪金梭。她心中过意不去，赶紧求仙女姐妹们想办法。蟠桃仙子献出一根桃木，央求百巧大仙刻一把金梭，总算应付过去。

从此以后，每当牛郎夜里挑着孩子，登上金梭峰，站在金梭峰的峰槽上，金梭峰便慢慢长高，直到把牛郎父子送到织女的织房。等人间鸡叫头遍，梭子峰借着青雾再慢慢地回缩，把牛郎父子接回人间。

一来二去，终究纸包不住火，这事儿让王母娘娘知道了。王母娘娘向来说一不二，怎甘心被一把金梭欺骗。她愤怒极了，立时命令雷公去惩罚金梭。雷公一个响雷，把金梭峰劈去尖儿。梭子峰变成了平顶，王母娘娘还不解气，随即拔出金簪一指，将金梭峰定住，再也不能长高或缩小。

一天，又到了王母娘娘大摆蟠桃宴的日子。群仙集会都非常高兴，唯独织女双眉紧锁，愁容满面。

蟠桃仙子趁王母娘娘和众仙女不注意，从桌子上捡起个蟠桃核，顺手抛下人间。蟠桃核顺着金梭穿透的窟窿眼儿，滴溜溜地往下落，不偏不倚，正好落在金梭峰的峰槽上，迅速长成一棵桃树。

从那以后，一到晚上，牛郎又能挑着孩子，站在桃树杈上，等蟠桃树慢慢长高，把他们顶到织女的织房，全家相聚。

有人说，端详这座山峰，穿纱引线的梭眼就是现在的圆月洞。还有人说，牛郎为了上天方便，带着孩子住在这个圆月洞里。

牛郎父子每天晚上登天，一树仙桃，香味扑鼻，忍不住顺手摘下几个吃了。仙桃吃得多了，他们脱掉了凡胎。织女思夫想儿心切，王母娘娘实在想不出办法拆散他们，只好睁一只眼闭一只眼，妥协了。众仙女姐妹明白王母娘娘的心思，趁机求王母娘娘准许织女一家团聚。王母娘娘想了想，终于松了口，默许牛郎和他的孩子留在天宫，和织女住在一起。

——汉族

龙王三太子镇守天池

龙门峰在天池出水口的西岸，和东岸的天文峰遥相呼应。本来，这里只有天文峰，没有龙门峰。龙门峰是托塔天王从太行山搬来的。

相传，天池和东海是连着的。东海七日一潮，天池也七日一潮，天池是东海的一个海眼。最初，东海龙王派女婿绿角龙王镇守天池。绿角龙王本本分分，脾气温和，和这一方百姓处得很好。他该行云时行云，该布雨时布雨，山上山下风调雨顺，一团和气。

百姓感激他的恩德，每年清明，都备好香蜡纸码祭拜他。

这事慢慢被东海龙王三太子知道了。三太子是老龙王的小儿子，被妈妈娇惯坏了，想怎么样就怎

么样，一点也没有规矩。他想出去享受人间烟火，几次三番跟妈妈发脾气，要去镇守天池。老龙王一来架不住老婆孩子天天纠缠，二来也想让三太子出去练练本事，便下了一

道圣旨，将绿角龙王调回龙宫当总都督，将三太子派出去镇守天池。

三太子喜怒无常，饮酒无度。他一到天池，百姓就遭了殃。他随便行云布雨，随便进出水口，弄得长白山三天两头下瓢泼大雨，十天半月发一场洪水。老百姓活不下去，纷纷逃难。他们暗暗诅咒："三太子坏心肠，不得好死！"

老百姓痛恨三太子的事，没多长时间，已传到东海龙王耳朵里了。老龙王即刻派大太子到天池，收回三太子的翅子。

三太子没有了翅子，再也无法飞回天上。他的脾气越来越坏，天天喝酒，一喝就醉，醉了就耍酒疯。有妈妈给他撑腰，他一贯飞扬跋扈。飞不回天上，他便在天池里外乱蹿。他每蹿出来一次，就发一次大水。一次大水就会淹一片林子，毁一片庄稼，男女老少、猪马牛羊也淹死不少。

百姓遭了大殃。

这事又被老龙王知道了，他请托塔天王从太行山托来一座石头山峰。石头山峰上拄青天、下拄大地，插在天池出水口，将三太子堵在天池里，再也蹿不

出来。从此，这座石头山峰，人们叫它"龙门峰"。

这一来，三太子无法逞凶了。可他本性不改，整天喝得醉醺醺的，在天池里四处乱撞，龙须龙角全被撞掉了。

老龙王知道了，很伤心，说："三太子不成器，把他召回来，养在宫里，严加看

管！"

三太子离开天池以后，老龙王念咒把龙门峰移到了天池西岸。天池出水口又"哗哗"流水啦。长白山山上山下，又恢复寻到了以前的样子。

——汉族

老鹰救神童

从前，有一个年轻人，不仅擅长画画，还武艺出众，人们叫他"神童"。神童从小懂事，做事勤快，生活过得有滋有味。

神童十五岁时，村里跑来一个妖怪。妖怪身体庞大，像一座铁塔，巨口獠牙，专做坏事，把村里的成年人全抓走了。

一天，神童正坐在院子里画画，一阵妖风刮来，将他刮到了半空中，落在一个四周都是岩石的地方。神童定定神，睁眼一看，被妖怪抓走的那些男人都被囚禁在这里，他们被迫搬石头、扛木头，给妖怪造楼阁。

"看你画一手好画，才把你请来。别不识抬举！尽快给我在十八层楼阁顶上雕刻一只老鹰。老鹰嘴长三尺，身长九尺，不能有差错。什么时候雕好，什么时候放你回家。偷奸耍滑，耽误工期就杀头！"

神童爱画画，登上十八层楼阁顶端，仔仔细细地边琢磨，边雕刻老鹰。他日日夜夜不歇工，一干干了三年，真把老鹰雕好了。这老鹰，尖尖的嘴，圆圆的眼睛，好像一撒手就会飞似的。

妖怪看了，非常满意，一高兴，将神童放回了家。神童走了三天三夜，才回到家。没曾想，村子里遭了瘟疫，人们愁眉苦脸的。可祸不单行，妖怪又来了。这次，它专抓十七八岁的大姑娘，家家户户提心吊胆。

神童看在眼里，急在心上。他恨透了妖怪，一心想救乡亲。

　　神童又走了三天三夜，去找妖怪算账。等他走到十八层楼阁前，听到妖怪"哈哈哈"一阵大笑。它指着神童说："快快回去，因为你为我雕刻了老鹰，我不想杀你。如果你先动手，我定叫你死。"

　　神童什么也没说，抽出长剑，"唰"地砍向妖怪。

　　刀来剑往，神童越战越勇，妖怪无力支撑，眼看败下阵来。它垂死挣扎，使起魔法来。

　　顿时，天昏地暗，妖风阵阵。神童用尽全力，砍向妖怪。一剑下去，妖怪的一只耳朵不见了，妖怪疼得满地打滚。突然，它纵身一跃，跳上几十丈高的岩顶。它举起双手，慢慢合拢，两座高山随着它的手势，开始颤颤巍巍地往一块儿聚拢。

妖怪想将神童夹在两山之间。

两山迅速合拢，眼看神童插翅难逃。这时，一只老鹰冲进两山之间，叼走了神童。几乎同时，"咔嚓"一声，十八层楼阁"哗啦"一声塌了。

原来，飞来的是神童雕刻的老鹰。

神童翻身骑在鹰背上，跟妖怪越打越顺手。他用力一挥长剑，砍断妖怪的脖子。谁知妖怪的脑袋和身子又自动连在了一起。神童又是一剑，可妖怪

断了的脖子又被马上接在一起。当神童第三次砍断妖怪脖子时，说时迟，那时快，老鹰以迅雷不及掩耳之势抓起妖怪的身子扔向山谷，叼起妖怪的脑袋扔进天池。

老鹰怕妖怪不死，便飞到天池东面的一座山上，没日没夜地瞪着眼睛，摆出随时迎战的架势。天长日久，它一动不动，变成了石头，就成了鹰嘴峰。

——朝鲜族

朝鲜族民间故事

张扬民族性的朝鲜族民间故事

马 力

朝鲜族是中国具有代表性的民族之一，主要居住在东北地区，人口过百万。20 世纪 90 年代以前长期从事农业生产活动，现在主要从事制造业。延边黄牛是中国的良种黄牛，也是他们耕田种地的好帮手。他们尤其擅长水稻的种植和相关食品的开发，朝鲜打糕闻名遐迩。朝鲜族鲜明的民族性体现在他们独特的文化（包括服装、歌舞、语言、文字、神话与民间传说）与性格中。朝鲜族歌曲《桔梗谣》东北人耳熟能详，民间故事《阿里郎的传说》在东北家喻户晓。他们具有勤劳、勇敢、善良的民族性，但若遇外敌入侵，或遇到残酷压迫，就会坚决反抗。中国人民银行 1987 年 4 月 27 日开始发行的第四套人民币中，两角纸币的正面图案就是布依族和朝鲜族，足见朝鲜族在中华民族大家庭中的地位。

　　本书中所载的朝鲜族民间故事虽然只有一篇，但在表现朝鲜族的民族性方面却可圈可点。故事中的"神童"能写会画，聪明过人，体现了朝鲜族同胞心目中的理想人格。在故事中，神童曾受到妖怪的压迫，被迫给妖怪在它的十八层楼顶雕刻神鹰。神童用三年时间竭精聚力雕刻完成。他虽然被妖怪放了，但是当他看到妖怪又把魔爪伸向年轻女孩时，他担负起男子汉的责任，奋起反抗妖怪，终于在他雕刻的神鹰的帮助下战胜妖怪。神童正是朝鲜族优秀民族性的化身。

鹿仙女斗县官

七月天，穷苦人进山里挖参的挖参，狩猎的狩猎，采药的采药。小伙子王德也背上弓箭，带上干粮进山了。

他在山里转了三天三夜，什么也没找着，却把干粮吃光了。他低头苦想：家里老少五六口人，都盼着我挖几棵人参回去，好换几斗米过日子……

突然，一阵风响。他抬头一看，一只梅花鹿正在不远处的树林里奔逃，一只老虎在后面紧追着。

王德没有多想，将弓从背上摘下，从箭囊中拽

出一支箭，搭在弦上，拉了个满弓。他瞄准老虎，右手一松，箭像流星一样飞出去。

"嗷——"

老虎吼叫一声，蹦出十多丈远，带着箭掉下山涧。

王德连吓带累一屁股坐在石头上。他擦去脑门儿上的汗珠，休息一会儿，压压惊。就在这时，从树林里走出一个姑娘。她穿着一身红地白花儿的衣衫，笑呵呵地来到王德近前，问道："大哥，有没有挖到参？"

王德诧异地看着这个面生的姑娘，顺口说："三天了，连个参毛儿也没有挖到，一家老小都张嘴等着呢。唉，老天真不叫人活了！"

他边说，边拍拍身上的土，站起来准备走。

姑娘急忙拉住他，说："大哥，别灰心，我有东西送给你，你跟我去拿吧。"

王德见姑娘一片真心，便没有推辞，跟着她走了。他们一前一后，来到天池西北边的一座山峰前。姑娘走进一个石洞，王德也紧跟着进去了。啊，七八杈的大树枝丫摆了满满一洞，将洞里照得金灿灿、明晃晃，晃得王德的眼睛都睁不开。姑娘指着那些金树丫说："大哥，你救我一命，没什么报答你，这些东西你想拿多少就拿多少，回去好卖钱养家糊口。"

王德心里直犯嘀咕，我什么时候救过她？姑娘紧催着他拿东西，他自知受之有愧，只拣了枝最小的金树丫，向姑娘谢了又谢，下了山。临走时，姑娘告诉他，以后有什么难处，尽管来这个地方找她。

不知道怎么回事，王德脚底下突然像生了风似的，一会儿就回到了家。第二天，他扛着金树丫到县城的山货庄卖了很多很多银子。

这件事一传十，十传百，都说王德遇见鹿仙女，得到一架宝鹿茸。这话很快传进县官儿的耳朵里。

县官儿一想，我如果将那洞里的鹿茸宝贝全弄到手，最好再抓住那个鹿仙女，往皇帝那儿一献，呵呵，不愁升官发财。

想到这儿，县官儿点了八名本事大的当差，手持刀枪剑戟，骑着高头大马，来到王德家，不容分说，把王德绑在马上，驮着他直奔长白山的天池。

到了那座山峰下，县官儿逼着王德往上爬，去找那个石洞。王德说什么也不爬。县官儿命手下的人将王德捆在大树上，狠狠地打，直到打得他皮开血流，昏死过去。

"住手！"

忽听半天空里一声大叫，县官儿和八个当差的吓了一跳，仰脸一看，山峰顶上站着一位姑娘。这

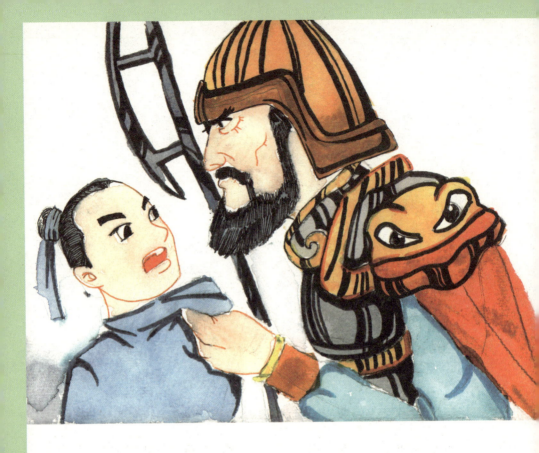

正是传说中的那个鹿仙女。

县官儿龇着大牙乐了，催促八个当差的快往山尖儿上追。他在最后边，嘴里不停地喊着："不能让她跑了！千万不能让她跑了！"

眼看爬到半山腰，突然从山顶上蹿下一群马鹿。

马鹿个个昂头鸣叫，四蹄飞腾。县官儿和八个当差的躲闪不及，被撞得滚下山去，摔得腿断胳膊折。这帮家伙疼得哭爹喊娘，匆忙奔回林子边，骑马逃命了。就在这时，雾气四起，对面不见人影。这大雾足足停留了七天七宿。他们全都迷了路，再也没有回家。

王德苏醒过来，看见那个穿红地白花儿衣衫的姑娘站在身边，手里还捧着一架大大的鹿茸角。见王德醒了，她笑着把鹿茸角递给王德，说："大哥，把它拿回家，切成片儿泡在酒里喝，你的伤很快会好，身板儿也会更壮实。"

王德谢过姑娘，扛着鹿茸角回了家。他照着姑娘说的做了，身上的伤口果然很快好了。从那以后，村里穷人谁有病有灾，他都会送几片鹿茸片去。

从此以后，天气晴朗时，人们会看到在那座山峰上，处处都是顶着红珊瑚般茸角的鹿群。鹿群仰头长鸣，响彻山谷，人们把这个山峰叫作"鹿鸣峰"。

——汉族

哥俩挖通了大海

据说，以前长白山上没有玉柱峰和天柱峰，天池里也没有水。长白山是个火焰山，四处都是火。

天上有兄弟俩，哥哥叫玉柱，弟弟叫天柱。他俩心好，不想看见人间的百姓受苦。他们听说长白山遍地烈火，土地荒芜，恳求玉皇大帝降雨灭火，拯救百姓。

玉皇大帝体察民情，下了一场大雨。长白山的火熄了，可烟雾弥漫。长白山还是没有一点水，寸草不生。玉柱对弟弟说："山峰中间肯定有水，我们去挖挖看。"

弟弟说："好。"

哥儿俩立刻来到长白山，挖了七七四十九天，听到地下传来"呜呜"的响声。玉柱说："要出水了。"

他话音未落，地下竟然"呼呼"地冒出火来。

哥儿俩急忙爬上山顶。火越来越大，弟弟吓坏了，说："哥，我们好心办坏事了，快去求玉皇大帝吧！"

玉柱说："赶不及了，快向坑里填石头，把大火压住！"

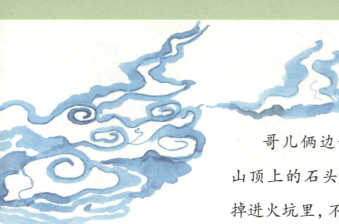

哥儿俩边说，边用力将山顶上的石头往下推。石头掉进火坑里，不但没压灭火，连石头也跟着烧了起来。哥儿俩没有灰心，还是一股脑儿往坑里推石头。七七四十九天后，火终于灭了。弟弟看看那些推进火坑里的石头，被烧得面目全非，说："哥呀，这

些火好厉害,咱们别招惹它们了,赶紧回天上吧!"

哥哥说:"白来一趟?亏你想得出。"

弟弟说:"那要再挖出火来,怎么办?"

哥哥说:"填石头。"

弟弟觉得哥哥说得对,又继续跟着哥哥一起挖山。他们又挖了九九八十一天,水真冒出来了,并且越冒越多,一直涨到山顶,顺着山谷"哗哗"地流。

长白山上终于有了水,玉柱和天柱累极了,想闭上眼睛好好睡一觉。他们这一睡,就再也没醒。

他们化成了两座山峰，守在天池旁边。

后来，人们为了纪念哥俩，将玉柱化成的峰叫"玉柱峰"，将天柱化成的峰叫"天柱峰"。天池水常年流淌不止，怎么也淌不尽。大家都说是哥儿俩挖水挖得深，通到了大海。

——汉族

小仙女带来太阳和月亮

盘古开天地的时候，天地间黑乎乎、冷飕飕的，什么都看不见。

一个小仙女出南天门玩耍，偷偷降落到长白山的天池边上。她看到人间这样子，忧愁起来。人间怎么才能有光，大地万物怎么才能生长？她用尽九牛二虎之力，拨云扇雾，搬石运土，累得腰酸头发白，天还是那样黑，地还是那样光秃秃。

小仙女没了招儿，向天池里的龙王请教道："尊敬的老龙王，您经历的事多，请您告诉我，用什么方法才能让人间充满温暖和光明？"

老龙王看看小仙女，叹了一口气说："办法还真有一个，我担心你做不到。"

小仙女撇撇嘴，不服气地说："别看我小，能量大着呢。您只要想出办法，我就能做到！"

老龙王说："要想让人间有光明，有温暖，需要将你的左眼珠扔上天空。"

小仙女一听，愣住了。

老龙王看出她的心思，说："别管人间的事了，你管不了，快回天宫修炼吧！"

小仙女牙一咬，将左眼珠抠出来，向空中扔去。天空立刻有了太阳，光芒四射。人间从此亮亮堂堂，暖暖和和，草发芽了，树长叶了，雀也叫了，花也开了。

过了几个小时，大火球似的太阳，渐渐地从西边天空落了下去，天地间又是一片黑乎乎。小仙女

　　问山上的土地："土地爷，您说，这可怎么办好？"

　　土地爷说："办法真有，恐怕你做不到。"

　　小仙女急了，说："我把左眼睛都舍出去了，还有什么办不到的？"

　　土地爷说："那好啊，你再把右眼珠抠出来，扔到空中就好了。"

　　小仙女犯难了，把右眼珠再抠出来，就变成瞎子了，自己怎么走路，怎么做事，怎么玩耍？

土地爷看出她的心思，说："我说你办不到嘛！趁你还有一只眼睛，快回天宫修炼去吧！有了太阳，人间已经很好了。"

小仙女狠狠心，又把右眼珠抠出来，扔上天空。空中立时挂起一个银盘似的月亮。人间有了日月光华，万物昌盛。

小仙女失去双眼，无法飞回天宫。她站在天池边上，哪儿也不敢去，天长日久，变成了一座石

柱。这石柱头顶白白的，像小仙女披着轻纱，直插云雾，望着天宫。

玉皇大帝知道了这个事情，很赏识小仙女的勇气。小仙女孤独地站在天池边上，风吹日晒，很是让玉皇大帝心疼。于是，玉皇大帝把自己乘坐的辇车顶盖摘下，让天神天将搬到石柱上方，为小仙女挡雨遮阳。于是，石柱加上顶盖就成了天池十六峰之一的"华盖峰"。

——汉族

九天仙女和罕父

　　从前，满族人家家供奉着一块祖宗牌位，上面用满文恭恭敬敬地写着："白山黑水，源远流长。"

　　传说，在很古很古的时候，天神的第九个女儿住在九重云霄宝殿里，人们都尊称她"九天仙女"。

　　九天仙女不仅聪慧，还神勇无比。她既能腾云驾雾，又能呼风唤雨，本事可大了。天神怕她被寂寞愁出病来，让她管理长白山的天池。

　　"天上一眨眼，地上六十年"。看相貌，九天仙女像十七八岁的大姑娘，年轻漂亮，和长白山上

的杜鹃花一样水灵！所以，大家都叫她"完颜女真人"。

一天，天神对她说："女儿，你看管天池的时间已到，你可以在人间成家立业，过日子了。我给你许了一桩婚事，你的未婚夫是在东海上打鱼的渔民，叫罕父。我这里有一只荷包袋，它里面装着长白山上的玉泉水，玉泉水又解渴又解饿。你拿好荷包袋，它还是你们俩夫妻见面的信物。"

天神叮嘱完，便回天宫了。

九天仙女拿起荷包袋一看，原来是只精制的皮囊，上面绣着一只好看的雌鸳鸯。她顺手揣进怀里，心想："未婚夫，我有未婚夫了。他什么脾性，有多大能耐？我得好好试一试。"

　　她迅速驾起彩云，向东海飞去。

　　她飞过九九八十一座山峰，九九八十一条河，来到东海边。嗬！海边天水相连，潮水滚滚，不见一个人影。望着茫茫大海，九天仙女犯了愁，要去哪儿找自己的未婚夫呢？她一着急，冲着大海高声叫道："罕父——罕父——"

　　三声刚过，突然，从海里蹿出一头妖怪来！这怪物像小山一样高大，浑身白毛，脖子上长着九颗稀奇古怪的脑袋。中间那颗大脑袋张开血盆大口嚎叫起来："哈哈，我正愁没早饭吃呢，谁主动送来了肉馒头！"

九头妖怪的其余八颗小脑袋上，也都长着眉眼、鼻子和嘴巴。它一说话，九张嘴一齐忽扇，真叫人看着发怵，浑身起鸡皮疙瘩！

　　九天仙女急忙抽出护身宝剑，冲着九头妖怪就是一剑！九头妖怪瞪圆十八只铜铃眼，九张大嘴里喷着大火，冲九天仙女烧来。

　　他俩你来我往打在一块儿，九天仙女技高一筹，不大一会儿，她已砍掉妖怪一只脑袋。九头妖怪变成了八头妖怪。他怒不可遏，更加凶狠地向九天仙女扑来。

　　九天仙女同妖怪从大清早大战到中午，又从中午大战到下午。她接连斩掉九头妖怪的八个脑袋，可她的宝剑砍秃了，人也又饥又渴，累得上气不接下气，她想："如果不能尽快杀死妖怪，别说找未婚夫比武，恐怕连自己的性命也保不住！"

于是，她从口袋里掏出天神送的荷包袋，打开盖子，往嘴里倒了一口玉泉水。顿时，她浑身上下一阵轻松，力量增加了不少。

那妖怪一看九天仙女掏出荷包袋喝水，他也趁机从腰带上解下荷包袋，打开盖子，往嘴里灌水。

九天仙女喝完水，看见妖怪扬起脖子往嘴巴里灌水，心中暗想：此时不杀，更待何时？她伸出左手抓向妖怪，右手冲头就是一剑！妖怪快速将脑袋甩向一边，躲过了宝剑。它张开血盆大口哈哈笑道："怎么，你还想抓我的大头？"

九天仙女尽管没砍到妖怪，却把他前脑门上的头发全部砍掉了。妖怪大意之时，她又趁机抓住妖怪剩余的头发。不料，妖怪就地一滚，滚到九天仙女脚下，对准九天仙女的脚踝就是一脚，九天仙女脚下一软，摔翻在地。

九天仙女又羞又恼，拾起掉在地上的宝剑要抹脖子。妖怪大吃一惊，飞起一脚踢飞她手中宝剑，弯下腰将她拉起来，说："姑娘，怎么这么小气，打不过也不用抹脖子呀！你好好看看我是谁。"

　　九天仙女抬头一看，妖怪不见了，有一个膀大腰圆的青年站在她的面前。她退后几步，大声问道："你是谁？我可从来没见过你！"

　　"我是罕父，你的未婚夫！"

　　九天仙女侧身瞅瞅罕父，心里有点激动，却装出不信任的口气，问道："怎么证明你自己？"

　　罕父郑重地把自己的荷包袋捧给九天仙女，九天仙女接过荷包袋一看，脸立马红如朝霞。原来，这个荷包袋和她的一模一样，只是这个的上面绣着一只雄鸳鸯。

　　"你为什么变成九头妖怪戏弄我？"

"不打不闹不热闹，逗你开心呢！你能当面试试我的能耐，还不允许我试试你的胆量？"

九天仙女傲慢地说："罕父，想做我的未婚夫，没那么容易。你必须为我做三件事。有一件事做不好，你就别想娶我！"

罕父装出唯唯诺诺的样子，小声回道："愿为姑娘效力！"

九天仙女看看罕父，神气地大声说："你听好了，本姑娘只说一遍。头一件事，你去逮住忽拉温山上的神马，给我当坐骑。"

"好，小事一桩。"罕父边应答，边飞走了。

忽拉温山，满语的意思是野人山。山上森林密布，野兽当道。山顶上有匹神马腾飞万里，百兽臣服，没有人敢去降伏它。

罕父按下云头，落在忽拉温山上。他抽出神刀砍倒一棵榆树，把树皮树枝除掉，削成一根杆子，把自己的鹿筋腰带解下来挽成活扣儿，拴在杆子头上，做成套马的杆子。现在的套马杆就是这么来的。

罕父扛着套马杆朝山洞走去，豺狼虎豹没见过这么神奇的人，也没见过这么大的套子，吓得四下逃散。罕父冲着山洞吆喝着："依勒——莫林！"

神马听见有人叫自己的名字，一骨碌爬起来跑出山洞，罕父一甩套马杆套住了马头。神马称王称霸逍遥惯了，哪儿受过这样的拘束。它拼命扬蹄飞奔起来，拖着罕父飞过九九八十一座山峰，越过九九八十一条大河。罕父用胳肢窝夹紧套马杆子，一拧劲儿把神马摔倒在地。

神马不再反抗，打着响鼻儿，服服帖帖地任由罕父摆布。罕父解下套子做成笼头，给神马戴上。又用神刀链当嚼子，给神马横在嘴里。他一骗腿儿

骑上神马，扛着套马杆跑了回来。

　　这么快就制服了神马，九天仙女心里非常高兴，却若无其事地接过马缰绳，给马打了个绊子，然后又冷冷地对罕父说："第一件事做得马马虎虎，算你做到了。第二件事，逮一只天上飞的神鹰，陪我打猎。"

　　"好，没问题。"罕父边应答，边飞走了。

　　罕父腾云驾雾，来到忽拉温岛上。岛的悬崖峭壁上有个山洞，山洞里住着一只大大的"神鹰"。罕父在山坡背风的地方，挖了一个大大的陷阱，张好了网；他又扎了一只鸽子风筝冒充活的鸽子，引诱神鹰过来。

　　忽拉温岛上的神鹰是空中的霸王，山神都怕它，它感兴趣的猎物一个也跑不了。

　　罕父把鸽子风筝放得很高很高，神鹰看见，立

刻从云层里蹿过来，去抓住鸽子。罕父一拉风筝线，鸽子风筝一个转身，向山坡逃去；神鹰紧随其后，瞄准风筝影子猛扑，铜铃响了，它掉进网里。

神鹰是天空的骄子，怎么能受这样的委屈？它死命反抗，奋力呼扇双翅，把周围九九八十一条大河都扇干了。它终于将力气用尽，趴着不动了。直到这时，罕父才从岩石后面走出来，给神鹰戴上皮制的"僧帽子"，遮住它的眼睛，把它架在自己的肩上。

罕父神采飞扬地架着神鹰回来了，九天仙女朝他笑笑，对他说："别高兴得太早了。这最后一件事，你未必能行。咱俩赛跑，谁先到目的地谁赢。我骑马，你只能走水路。"

"目的地是哪儿？"

"向阳宝地乌金山！"

"乌金山在哪儿？"

"神鹰知道，它能带我们到达乌金山。"

"好姑娘，能不能先给我弄点东西吃？"罕父见九天仙女高兴，又继续抱怨道，"被你折腾了整整一天，什么东西都没吃，肚子早咕咕叫了。"

"好！你在这里歇着，我去弄点好吃的。"

九天仙女走了，罕父可不敢偷懒。他用神刀砍倒一棵桦树，挖成葫芦瓢形状，偷偷放进混同江里。

九天仙女回来了，手里提着一个包裹。罕父打开一看，里面有好多酸枣、花生、桂圆和榛子。罕父故意地看看九天仙女，打趣道："你原来想枣（早）生桂（贵）子啊！"

九天仙女羞得红了脸，假装生气地说："别高兴得太早了，还不快吃，吃饱了还得赛跑呢！"

吃完野果，九天仙女把神鹰一放，跨上神马，说了声"走"，便不见了人影。罕父立即跳上早已准备好的桦木瓢，手撑套马杆，向混同江下游漂去！

九天仙女骑在神马上，越过九九八十一道山梁，跨过九九八十一条河沟。忽听半空中传来鹰叫，她勒住神马。神鹰飞落在她的胳膊上，拍拍翅膀，点点头，一张嘴，吐出一颗金光闪闪的大豆来！她伸手接过，一看是金豆，知道目的地乌金山到了。

九天仙女下马，朝向阳宝地走去。她一抬头，看见罕父上了岸，朝自己迎面走来。

于是，九天仙女同罕父在河边上搭个窝棚成了亲。他们的后代繁衍开来，被人们称作"完颜女真人"。

完颜女真人靠着祖先传授下来的技艺，骑马上山打猎，乘船下河捕鱼，开荒种庄稼，挖河淘金子，过着美满幸福的生活。

——满族

马背上的民族
——满族民间故事的彪悍与缠绵

马 力

　　满族是驰骋在马背上的民族，雄伟壮丽的长白山、辽阔肥美的松嫩平原，都是他们狩猎和纵横驰骋的天地。在那个风吹草低见牛羊的时代，有多少马背上的健儿在流连山野时，留下了一串串乡愁满满的歌谣、故事，尽管他们用快马和宝剑征服中原，坐拥江山 300 余年的时代一去不返，但这个马背上民族留给我们的宝贵精神遗产——满族民间故事，却依然显得那么卓尔不群，带有一种彪悍与缠绵的美感。

收入本书中的满族民间故事虽篇数不多，却篇篇精彩。比如《七仙女洗澡》通过黑、白二龙在天池偷看七仙女洗澡的故事，表现马背上民族少年时代的顽皮与纯真，缠绵有余。另一篇《九天仙女和罕父》却更多显示满族性格中雄强彪悍的一面。故事中住在九重云霄宝殿的九天仙女，受天命下凡管理天池期间成绩斐然，天神为表彰她的功绩特许给她一段美满姻缘。可是九天仙女不知夫婿如何，偏要与他比试一番才肯认账。于是有了逮神马、比赛跑等一系列动人心弦的情节，充分显示仙

女的侠骨柔情。读这样的民间故事，会热血沸腾，浑身迸发出一种原始的生命强力。如今的中华儿女要实现中华民族伟大复兴的中国梦，难道不该从这些故事中汲取正能量，振奋起刚柔并济的民族精神吗？

袁博士带你游长白山

长白山既是一座山峰，又是一条山脉，更是一片山地，长达一千三百多公里，犹如一条绿色的巨龙，横亘在我国的东北边陲，景自天成。

火山喷发而成

我国有许多名山，那些名山各有各的成因，因为火山喷发而形成的名山，只有长白山一座。这里的"长白山"指的是长白山天池火山。

长白山天池火山，有过四次大喷发。第一次大喷发距今六十万年，把山的底部打好了；第二次喷发距今四十万年，这次喷发不但猛烈，而且持续时

间长，喷出的物质多，对山的形成贡献最大；第三次喷发距今大约十万年，完成了长白山火山锥体的形态；第四次喷发规模最小，只有一些熔岩覆盖在长白山锥体的某些部位。至此，长白山天池火山形成了，是一个有着尖顶的锥体。几万年

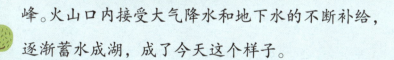

过去了，大约距今一千二百年左右，一阵剧烈的爆炸后，尖顶没了，围绕着火山口出现了十六座山峰。火山口内接受大气降水和地下水的不断补给，逐渐蓄水成湖，成了今天这个样子。

世界上海拔最高的火山口潮

天　池

　　天池无论是在水量丰沛的时节，还是在旱年少雨的时候，水量都不增不减。土人云：池水平日不见涨落，每至七日一潮，意其与海水相呼吸，故又名"海眼"。天池的水竟然像海水一样潮汐涨落，这个秘密无法合理解释。于是，当地人传说，这座神秘的山一定是与一片神秘的海相连。

　　一年中，有八个月的时间，天池都在结冰，只有它唯一的出水口——长白山瀑布，常年奔流。瀑布倾泻下来，在山间流淌，汇集了更多的细流源泉，穿过密密的森林，奔流下

144

山汇成江河，成为松花江、鸭绿江和图们江的发源地。

　　长白山的山顶上常年覆盖着白雪，而且因火山喷发涌出大量的灰白色、淡黄色浮岩，使得它一年四季都呈现出白色的光芒。再加上天池水深不可测，传说里面有怪兽，体大如牛，头大如盆，方顶有角，游动极快，身后拖着一条长长的喇叭形划水线，更增加了它的神秘感。因此，居住在它周围的少数民族都把它当成自己的神山来保护、拜祭。

植被与动物

基因库

长白山保存着世界上森林景观最完整、生长最良好的原始生态森林系统。这里生活着三百多种野生动物，如东北虎、金钱豹等；鸟类有二百多种，其中不少是国家重点保护的鸟类，如中华秋沙鸭、金雕、苍鹰等。长白山不愧是世界著名的生物基因库。

红松、美人松

山脚主要生长着阔叶林，到海拔一千米左右，是针叶和阔叶混合林。这里树木品种繁多，生长着红松和大片的落叶松，最有代表性的物种是长白松。

红松生长缓慢，天然红树林要经过几亿年

的更替演化才能形成。长白山上最古老的一棵红松，已有四百多年的历史。

长白松是红松的近亲，长白松的树干高大、挺拔笔直，高度可达三十多米。远远望去，仿佛亭亭玉立的少女，因此，人们给它取了个更为别致的名字"美人松"。

针叶树、云杉

海拔一千米到一千八百米之间是针叶林带。这里山高林密，生长着具有经济价值的各种针叶树，整齐高大的云杉、冷杉郁郁葱葱；再往上到

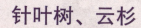

海拔两千米是岳桦林带。这里只有矮曲的岳桦和少量特别耐寒的云杉。

长白山两大圣花

海拔两千米以上，是高山苔原带，人们把这里叫作"空中花园"，是长白山最美丽的地方。漫山遍野的野花在春季活力四射，牛皮杜鹃第一个把温暖的气息带到白雪皑皑的山顶。它在山顶上扎根，枝叶繁茂，就像为大地铺上了一层地毯，保护着脚下的土地。当牛皮杜鹃的黄白花凋谢时，花朵鲜黄的高山罂粟在风中摇曳，婀娜多姿。它们一起被称为长白山的两大圣花。

148

民族与民俗

　　长白山这片土地上孕育了汉、满、朝鲜、蒙古、达斡尔等十个民族。她是金、清两代女真族在中原所建皇朝的发源地，聚居了许多满族人；日本吞并朝鲜后，许多满怀亡国恨的朝鲜人跨过鸭绿江、图们江到长白山区定居，汇聚在了一起；清政府解除长白山封禁后，河南、山东人"闯关东"，在长白山周围聚族而居。

　　因此，长白山地区具有浓厚的民族风情，各族都有自己崇拜的神，自己的风俗和传说。这里既有农耕文化、狩猎文化，又有游牧文化。

　　长白山是冰雪的故乡，是人参的故乡，这里孕育出来的民风民俗都与冰雪和人参有关；长白山又是动物的天堂、植物的宝库、原始的森林，

149

在这片辽阔的土地上滋养着狩猎、捕鱼和采参的习俗，延绵不绝，代代相传。

山东、河南的人民来到关东，或狩猎，或采参，或伐木。他们进山采参条件非常艰苦，既要与严酷的自然环境做斗争，又要想方设法逃避官府的缉拿，因此逐渐形成了放山文化，如山神节、人参节；无数伐木工人用自己的劳动、自己的一生，甚至自己的生命谱写的"森林号子"，被列入国家非物质文化遗产名录。

满 族

满族是一个有着悠久历史的民族，是长白山脚下最古老的土著居民，其历史最早可追溯到

七千年前。他们的生活传统以游猎、采集、捕鱼为主，在长白山脚下创造了富有多重特色的地域民俗文化。

"说部"是满族记录历史的载体，是他们留给世人的一笔珍贵的财富。"说部"大多独立成篇，将其整理连缀在一起，可以体察到一个民族曲折的沧桑变迁，了解到属于这个民族独有的品格和风范。

朝鲜族

朝鲜族人白衣飘飘，乐观热情。家族中一遇喜事，就成节日。歌舞是他们表达感情的重要方式，他们的"农乐舞"是世界级非物质文化遗产。"象帽舞"是"农乐舞"中难度和艺术价值最高的表演形式。

小 画 家 档 案

慈小撒参籽

郭羽翮　9岁

慈小撒参籽

刘子源　12岁

慈小撒参籽

刘子源　12岁

慈小撒参籽

王鹤颖　9岁

河伯女儿产下王子

何美淇　8岁

河伯女儿产下王子

李奕潼　9岁

河伯女儿产下王子

马汇英　12岁

河伯女儿产下王子

隋雨彤　8岁

河伯女儿产下王子

王一卓文　7岁

仙女送灵芝

任宣霖　8岁

仙女送灵芝

王欣阳　11岁

仙女送灵芝

左昊洋　10岁

天池锁孽龙

高景晗　12岁

仙女送灵芝

蒋昊宸　10岁

天池锁孽龙

王欣阳　11岁

天池锁孽龙

左昊洋　10岁

洗儿石

付欣垚　12岁

洗儿石

何美淇　8岁

洗儿石

小胡子老师

洗儿石

王鹤颖　10岁

人参娃娃太贪玩

陈薇羽　10岁

人参娃娃太贪玩

高一嘉　12岁

人参娃娃太贪玩

何美淇　8岁

人参娃娃太贪玩

马汇英　12岁

七仙女洗澡

付欣垚　12岁

七仙女洗澡

蒋昊宸　10岁

七仙女洗澡

任宣琳　8岁

七仙女洗澡

王鹤颖　9岁

红松带着人参跑

付欣垚　12岁

红松带着人参跑

王鹤颖　9岁

红松带着人参跑

王一卓文　7岁

红松带着人参跑

夏天老师

冰片飞走了

陈薇羽　10岁

冰片飞走了

郭羽翾　9岁

冰片飞走了

李奕潼　9岁

冰片飞走了

小胡子老师

玉皇撤天梯

付欣垚　12岁

玉皇撤天梯

任宣霖　8岁

玉皇撤天梯

隋雨彤　8岁

玉皇撤天梯

王鹤颖　9岁

牛郎织女相会

高一嘉　12岁

牛郎织女相会

高一嘉　12岁

牛郎织女相会

高一嘉　12岁

牛郎织女相会

小胡子老师

龙王三太子镇守天池

高景晗　12岁

龙王三太子镇守天池

王欣阳　11岁

龙王三太子镇守天池

左昊洋　10岁

龙王三太子镇守天池

左昊洋　10岁

老鹰救神童

陈薇羽　10岁

老鹰救神童

陈薇羽　10岁

老鹰救神童

蒋昊宸　10岁

鹿仙女斗县官

付欣垚　12岁

鹿仙女斗县官

蒋昊宸　10岁

鹿仙女斗县官

刘子源　12岁

鹿仙女斗县官

隋雨彤　8岁

哥俩挖通了大海

何美淇　8岁

哥俩挖通了大海

何美淇　8岁

哥俩挖通了大海

王一卓文　7岁

哥俩挖通了大海

王一卓文　7岁

小仙女带来太阳和月亮　　小仙女带来太阳和月亮　　小仙女带来太阳和月亮

李奕潼　9岁　　　　　隋雨彤　8岁　　　　　阳阳老师

九天仙女和羿父　　九天仙女和羿父　　九天仙女和羿父　　九天仙女和羿父

郭羽翯　9岁　　刘子源　12岁　　任宣霖　8岁　　隋雨彤　8岁

阅读反馈单

　　小读者们，这本《中国山水故事：长白山》陪伴你走过了一段美好的时光。你曾听说过哪些有趣的民间故事呢？这些故事又给了你怎样的启示呢？请把这本书的感受写下来吧。

学校：_____　班级：_____　姓名：_____　指导老师：_____

学校：＿＿＿＿＿＿ 班级：＿＿＿＿＿＿ 姓名：＿＿＿＿＿＿ 指导老师：＿＿＿＿＿＿

图书在版编目（CIP）数据

长白山 / 袁博编著 . -- 沈阳：辽宁美术出版

社，2019. 12

（中国山水故事）

ISBN 978-7-5314-8554-4

Ⅰ. ①长…… Ⅱ. ①袁… Ⅲ. ①民间故事—作品集—中

国 - 古代Ⅳ . ① I276. 3

中国版本图书馆 CIP 数据核字（2019）第 259965 号

出 版 者：辽宁美术出版社
地　　　址：沈阳市和平区民族北街29号　邮编：110001
发 行 者：辽宁美术出版社
印 刷 者：沈阳晟邦印刷包装有限公司
开　　　本：880mm×1230mm　1/24
印　　　张：7
字　　　数：88千字
出版时间：2019年12月第1版
印刷时间：2019年12月第1次 印刷
责任编辑：孙郡阳
装帧设计：鼎籍文化创意　刘萍萍
责任校对：郝　刚
书　　　号：ISBN 978-7-5314-8554-4
定　　　价：28.00 元

邮购部电话：024-83833008
E-mail：lnmscbs@163.com
http：//www.lnmscbs.cn
图书如有印装质量问题请与出版部联系调换
出版部电话：024-23835227